Union musicale de Quebec

Constitution

Antigonos

Union musicale de Québec

Constitution

Réimpression inchangée de l'édition originale de 1871.

1ère édition 2024 | ISBN: 978-3-38813-042-2

Antigonos Verlag est une marque de Outlook Verlagsgesellschaft mbH.

Verlag (Éditeur): Outlook Verlag GmbH, Zeilweg 44, 60439 Frankfurt, Deutschland, info@outlook-verlag.de
Vertretungsberechtigt (Représentant autorisé): E. Roepke, Zeilweg 44, 60439 Frankfurt, Deutschland
Druck (Imprimerie): Libri Plureos GmbH, Friedensallee 273, 22763 Hamburg, Deutschland

CONSTITUTION

DE

L'UNION MUSICALE

DE QUÉBEC

(Fondée 26 Sept. 1866)

P. G. DELISLE, IMPRIMEUR, 1, RUE PORT DAUPHIN, QUÉBEC

1871

CONSTITUTION

DE

L'UNION MUSICALE

DE QUÉBEC

La société constituée par les présentes prend le nom de " l'Union Musicale de Québec."

L'Union Musicale se compose de deux classes de membres : les membres actifs et les membres honoraires.

Toute personne désirant chanter à l'orgue de l'Eglise Saint-Jean-Baptiste de Québec et faire partie de l'Union Musicale, doit, avant d'être présentée et admise membre actif, avoir été agréée par le Prêtre desservant de cette Eglise.

Une conduite régulière est exigée de tout membre de cette société.

Les membres doivent user entre eux de la plus grande politesse et s'efforcer de gagner l'estime les uns des autres.

Les officiers de cette société sont : un Président, un Secrétaire, un Trésorier et un Dépositaire. Ces officiers, et un membre actif élu à cette fin à l'assemblée annuelle, forment un comité permanent.

Les élections générales se font chaque année le premier vendredi du mois de septembre. La même personne peut être réélue à la même charge.

Avenant une vacance dans quelqu'une des charges ci-dessus, l'élection d'un remplaçant se fait à une assemblée générale convoquée à cette fin.

La votation se fait au scrutin.

Le Président est chargé de convoquer et de présider les assemblées, et de veiller à ce que chaque membre se tienne d'une manière convenable pendant les offices et pendant les répétitions.

Le Secrétaire tient les minutes des assemblées, dresse les procès-verbaux et en fait rapport aux assemblées.

Le Trésorier tient compte des recettes et dépenses de la société, et en fait rapport à l'assemblée annuelle. Sur demande du Comité, il lui fait rapport des finances.

Le Dépositaire a soin de la musique appartenant à l'église et de celle de la société.

Le Comité gère et administre les affaires de la société, et remplit les devoirs qui lui sont assignés par les règlements. Le quorum du Comité est de quatre membres.

L'organiste de l'église Saint - Jean-Baptiste est de droit membre de l'Union Musicale, et en est Directeur.

L'organiste ne peut être élu à aucune charge.

Le quorum des assemblées est de sept membres actifs.

Le Président ne vote que dans les cas de partage égal des voix.

Chaque membre doit assister aux répétitions qui ont lieu le vendredi de chaque semaine. Un membre qui s'absente des répétitions pendant trois semaines consécutives, sans donner de raisons suffisantes, ou dont les absences sont fréquentes durant l'année doit être expulsé de la Société.

Comme le but principal de l'Union Musical est de

chanter aux offices de l'Archiconfrérie, les membres qui négligent d'y assister, méritent d'être expulsés.

Le Président et l'organiste doivent tenir note des absences des membres aux offices et aux répétitions, et après avoir averti charitablement deux ou trois fois le membre en défaut, ils doivent porter plainte contre lui, à M. le Desservant qui décide s'il doit être expulsé.

L'Union Musicale peut conférer le titre de membre honoraire à toute personne recommandable pour son savoir, ou qui lui a rendu ou peut lui rendre des services.

Les membres honoraires n'ont pas droit de vote aux assemblées et ne sont pas éligibles aux charges.

Les membres de l'Union Musicale, les Dames et les enfants faisant partie des chœurs, ainsi que les membres fondateurs demeurant en bonne intelligence avec la société et ne pouvant plus prêter régulièrement leur concours comme membres actifs, sont les seules personnes admises à la tribune de l'orgue. Cependant, avec la permission du Président, on peut admettre des étrangers, pourvu qu'il y ait quelque siége disponible.

Les membres assistent en corps aux funérailles des confrères défunts et chantent à leurs services.

L'orgue est à la disposition de l'Union Musicale aux services et aux mariages des membres.

L'Union Musicale prend pour patrons, Saint Jean Baptiste et Sainte Cécile.

Aucun changement ne peut être fait à cette constitution, s'il n'est au préalable approuvé par le Desservant de l'Eglise Saint Jean-Baptiste.

RÈGLEMENTS

DE

L'UNION MUSICALE

DE QUÉBEC

Personne ne peut être membre actif, avant d'avoir atteint l'âge de 16 ans révolus.

Avis de l'intention de proposer l'admission d'un membre actif doit être donné au moins une semaine d'avance. Cet avis doit être affiché dans un cadre placé sur le buffet de l'orgue.

Avant d'être présenté, le candidat doit faire examiner sa voix devant le Directeur et le Président. Lorsqu'un candidat est connu par le Président ou le Directeur comme ayant une bonne voix, ou l'orsqu'il est porteur d'un diplôme ou autre document officiel de capacité, il peut être exempté de cette formalité.

Le candidat est présenté sur une proposition ordinaire; et les membres présents à l'assemblée l'admettent ou le refusent par votes au scrutin.

Tout membre actif, aussitôt après son admission, doit payer au Trésorier. comme prime d'entrée. la somme d'une piastre et cinquante centins. Cependant le Comité, peut exempter de cette prime un membre recommandable par son mérite et ses talents artistiques, mais encore sous la tutelle de ses parents reconnus privés de ressources.

Chaque membre actif paie entre les mains du Trésorier une contribution annuelle de cinquante centins du premier de septembre au vingt deux de Novembre.

Le Comité doit. avant qu'il soit procédé aux élections. générales, faire choix de trois membres pour chacune des charges de secrétaire. trésorier et dépositaire. Ces personnes sont seules éligibles aux charges pour lesquelles elles ont été choisies respectivement. Le nom de l'officier en charge est de droit sur la liste.

La liste des membres à élire pour ces trois charges doit de plus contenir le nom d'une quatrième personne pour chaque charge sus-mentionnée, afin de rencontrer le cas où l'un des trois candidats serait élu à une autre charge.

Cette liste doit être cachetée en Comité et demeurer entre les mains du président qui brise le cachet devant les membres présents à l'assemblée, au moment de l'élection.

Le Comité peut, sans en appeler à la société, faire quelques dépenses minimes telles que pour l'entretien des meubles et effets de l'Union Musicale, l'achat de papier, d'enveloppes ou de cahiers nécessaires à quelqu'un des officiers.

Le Trésorier ne peut contracter aucune dette au nom de la société, avant d'en avoir préalablement fait la demande au comité.

Le trésorier doit déposer les fonds de la société à la Caisse d'Economie Notre Dame de Québec, lorsque le montant en caisse s'élève à la somme de cinq piastres.

Le dépositaire peut à son gré faire choix d'un des petits garçons qui chantent à l'orgue, pour l'aider à distribuer ou à rassembler les livres de plain-chant.

En l'absence du Président à une assemblée générale. les membres présents font choix d'un président temporaire.

Toute proposition doit être couchée par écrit et secondée, avant d'être préssentée et mise aux voix.

Quand deux ou plusieurs membres prennent ensemble la parole, il est du devoir du président de les rappeler à l'ordre et de désigner lequel d'entre eux a droit de parler. Sa décision est définitive et sans appel.

Le Président ne prend pas part aux discussions.

Le Président peut, de son chef, ajourner les séances.

Le Président doit porter à chaque solennité un insigne en or comme marque distinctive de sa charge. Cet insigne demeure en dépôt parmi les effets de la société.

Les membres honoraires, ainsi que les membres fondateurs, peuvent porter l'insigne de la société et être invités à prêter leurs concours quand elle le juge convenable.

Les dames occupant le jubé de l'orgue comme choristes sont membres honoraires de la société. Elles jouissent des mêmes droits et priviléges que ces derniers. A leur mort, un service funèbre est chanté par la société, sans exiger l'honoraire fixé par ces règlements.

L'Union Musicale assiste en corps aux funérailles d'un confrère et de tout membre fondateur défunt.

Durant les séances de l'Union Musicale et aux répétitions, les membres ne doivent pas fumer ou demeurer coiffés.

Le jour de la fête de Sainte Cécile, le jour de la Saint-Jean-Baptiste, et les fêtes ou l'Union Musicale exécute une messe en musique,—dans les concerts, ou autres fêtes musicales, les membres actifs doivent porter au parement gauche de leur habit, l'insigne de la société.

Les cartes d'admission à la fête de Sainte Cécile et aux concerts sont signées par le Président.

Chaque année, les membres actifs doivent suivre, autant que possible, un cours de solfége. Les mois de janvier et de février sont consacrés à cette fin comme l'époque qui permet le plus d'assiduité et de ponctualité.

Le Président peut de son propre chef, engager la société à chanter, moyennant la somme fixée à cette fin, des services funèbres ou des messes de mariage. Dans toute autre circonstance, même pour un engagement gratuit, le Comité doit s'assembler et décider si l'invitation est acceptée ou refusée.

La société exige la somme de dix piastres pour un service funèbre ou une messe de mariage qu'elle est appelée à chanter.

La somme de dix piastres est exigée pour chaque chœur exécuté par la société dans un concert; pour la direction vocale d'un concert, vingt cinq piastres; pour un quatuor ou trio, six piastres; pour un solo donné par un des membres actifs, quatre piastres.

La société prête son concours gratuit aux artistes et sociétés musicales de Québec qui donnent des concerts ou autres fêtes musicales à leur profit;—aux différentes églises de Québec où elle est appelée à chanter; aux concerts de charité ou les services de la Société sont requis par le Desservant de l'Eglise Saint Jean-Baptiste, ou quand les deux tiers des membres présents à une assemblée sont d'avis que l'assistance de la société doit être gratuite dans quelque circonstance;—enfin aux services des confrères défunts et des membres fondateurs, et aux messes de mariages des membres actifs et des demoiselles, membres honoraires.

MEMBRES FONDATEURS

DE

L'UNION MUSICALE DE QUEBEC

Revd. Ant. Racine, Président Honoraire.

Gustave Gagnon,
Directeur Actif.

Ernest Gagnon.
Directeur Honoraire.

Ep. Dugal, Président.

Nap. Legendre. Secrétaire.

J. P. Plamondon. Trésorier.

Louis Leclerc.
Elzéar Déry.
Hector Drolet.
O. E. Gauvreau.

Théodule Dugal.
Chs. Gingras.
Félix Gauvreau.
Frs. Curodeau.